EL MUNDO

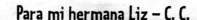

Para mi hermana Liz — C. C.

Barefoot Books

2067 Massachusetts Ave

Cambridge, MA 02140

Publicado por primera vez en Gran Bretaña por Barefoot Books, Ltd

y en los Estados Unidos de América por Barefoot Books, Inc. en 2007

Esta edición se imprimió en 2008

Este libro fue impreso en papel 100 por ciento libre de ácido

Diseño gráfico por Penny Lamprell, Lymington, Inglaterra

Reproducción por Grafiscan, Verona

Impreso y encuadernado en China por Printplus Ltd

La composición tipográfica de este libro se hizo en Kosmik y ChildsPlay

Las ilustraciones se prepararon en *gouache* en papel de Fabriano

con CD ISBN 978-1-84686-208-3

sin CD ISBN 978-1-84686-209-0

Información de catalogación británica:

existe un registro de este libro en la Biblioteca Británica

35798642

Library of Congress Cataloging-in-Publication Data

Corr, Christopher.

  [Whole world. Spanish]   El mundo / Christopher Corr.

  p. cm.

  Song on accompanying compact disk sung by Javier Mendoza.

  Summary: An illustrated version of the well-know song, featuring the relationship between people and the

natural world.   ISBN 978-1-84686-208-3 (pbk. with cd : alk. paper)

  1. Spirituals (Songs)—Texts. 2. Children's songs, English—United States—Texts.

[1. Spirituals (Songs) 2. Songs. 3. Spanish language materials—Bilingual.]   I. Mendoza, Javier, musician. II. He's go

the whole world in his hands. III. Title.

  PZ74.3.C67 2008

  782.42—dc22

  [E]

                                              2008010971

EL MUNDO

Ilustrado por Christopher Corr
Cantado por Javier Mendoza

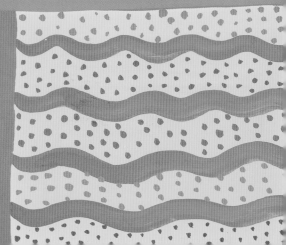

Barefoot Books
Celebrating Art and Story

Tenemos el mundo entero en nuestras manos.
Tenemos el mundo entero en nuestras manos.

Tenemos el mundo entero en nuestras manos.
Tenemos el mundo en nuestras manos.

Tiene el Sol y la Luna en sus manos.

Tiene el Sol y la Luna en sus manos.

Las montañas y los valles en sus manos.

Las montañas y los valles en sus manos.

Las montañas y los valles en sus manos.
Él tiene el mundo en sus manos.

Las llanuras y desiertos en sus manos.

Las llanuras y desiertos en sus manos.

Las llanuras y desiertos en sus manos.

Ella tiene el mundo en sus manos.

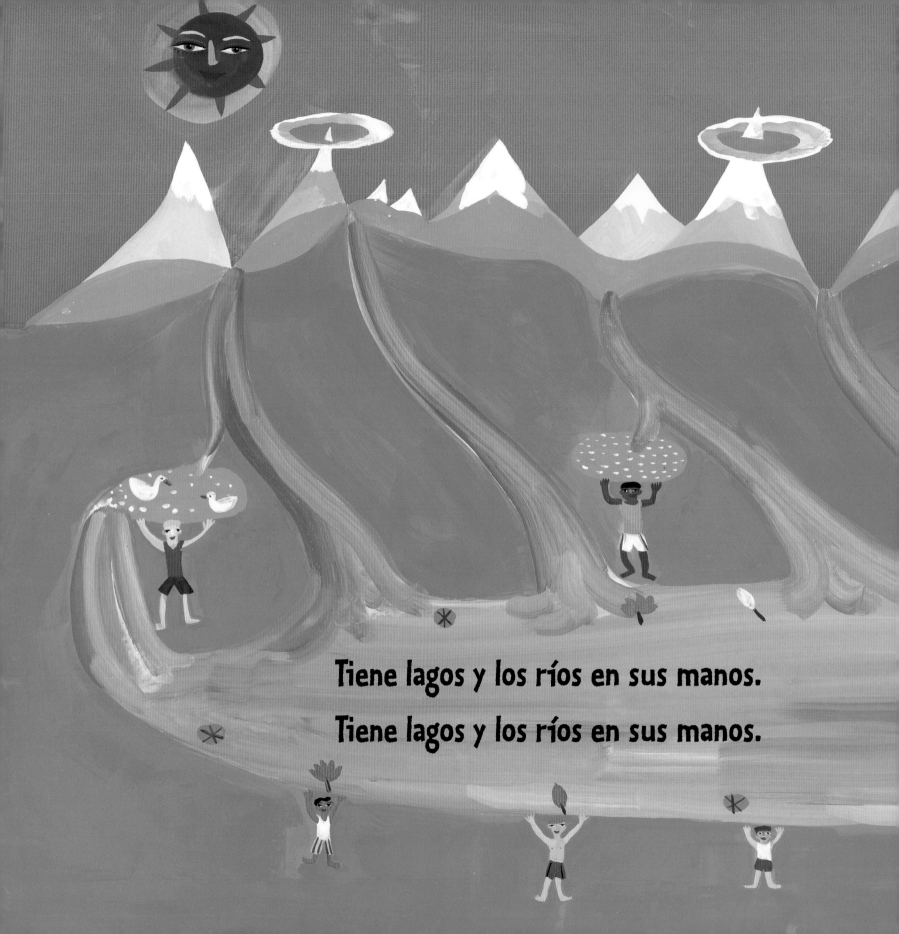

Tiene lagos y los ríos en sus manos.

Tiene lagos y los ríos en sus manos.

Tiene lagos y los ríos en sus manos.
Él tiene el mundo en sus manos.

Tiene árboles y flores en sus manos.
Tiene árboles y flores en sus manos.

Tiene árboles y flores en sus manos.
Ella tiene el mundo en sus manos.

Tiene pájaros y el viento en sus manos.

Tiene pájaros y el viento en sus manos.

Tiene pájaros y el viento en sus manos.

Él tiene el mundo en sus manos.

Tiene peces y los mares en sus manos.

Tiene peces y los mares en sus manos.

Tiene peces y los mares en sus manos.

Ella tiene el mundo en sus manos.

Tiene pueblos y ciudades en sus manos.
Tiene pueblos y ciudades en sus manos.

Tiene pueblos y ciudades en sus manos.
Él tiene el mundo en sus manos.

Tenemos el mundo entero en nuestras manos.

Tenemos el mundo entero en nuestras manos.

Tenemos el mundo entero en nuestras manos.

¡Tenemos el mundo en nuestras manos!

¿Sabías que...?

El mundo está, en efecto, en nuestras manos. ¡Es nuestra responsabilidad cuidarlo!
A continuación encontrarás información sobre los seres vivos y el medio ambiente.

El Sol

Casi toda la energía de la Tierra proviene del Sol. Sin el Sol, ¡la Tierra sería un enorme bloque de hielo! Las personas han dependido, por distintas razones, del Sol desde que comenzó la vida en la Tierra. El Sol ha sido siempre muy importante para los agricultores porque los cultivos necesitan la luz solar para crecer. En tiempos remotos se usaba el movimiento del Sol para saber qué hora era y para diferenciar las estaciones.

La Luna

La Luna es el astro más brillante del cielo por la noche, cuando ya se ha puesto el sol. Los agricultores y los jardineros dependen a menudo de la Luna para saber cuándo deben sembrar las semillas. La fuerza de atracción de la Luna también controla las mareas. En todo el mundo hay muchos festivales de la Luna, en los que se celebra su esplendor. La contaminación del aire está dificultando el ver bien la Luna. La niebla tóxica hace que el cielo se vea denso, con neblina y oscuro, lo cual no nos deja ver con claridad.

Las montañas

Las grandes cadenas montañosas del mundo surgieron hace millones de años por la presión causada por las placas tectónicas —fragmentos de la superficie de la Tierra— al chocar entre sí. A través de la historia, las montañas han creado fronteras naturales entre los países, ya que resulta muy difícil atravesarlas, especialmente en invierno. Muchas montañas, que por siglos habían tenido nieve, están ahora cambiando debido al calentamiento global, puesto que las temperaturas son más altas y la nieve se derrite.

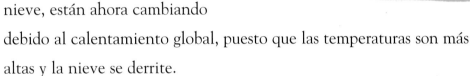

Los valles

Los valles son tierras bajas entre las montañas. Muchos de los valles del mundo se formaron a finales de la era glacial, cuando los glaciales se derritieron. Los valles tienen, por lo regular, tierras muy fértiles y por eso muchas comunidades agrícolas se han asentado ahí. En sólo una cucharada de esta tierra puede haber billones de seres vivos tales como lombrices y semillas. Los valles también ofrecen protección de los climas rigurosos, y sirven de rutas comerciales.

Las llanuras

Las llanuras son grandes espacios planos y abiertos como la sabana y la tundra.

Los animales como los guepardos y las cebras viven en las sabanas, mientras que en las zonas fértiles, las llanuras se usan para la agricultura. Se encuentran por todo el mundo, desde América del Norte a España y a Irán, pero se están contaminando. La lluvia va mojando poco a poco la tierra y absorbe los contaminantes al ir descendiendo. Éstos se depositan en las zonas bajas.

Los desiertos

Los desiertos son zonas secas, que pueden ser muy calientes o muy frías. En algunos desiertos, ¡no llueve por años y años! Pueden parecer lugares sin vida, pero hay muchos seres vivos que han hecho del desierto su hogar, como los murciélagos, pájaros, ranas, lagartijas, plantas, serpientes y hasta peces. Estas plantas y animales están conectados, ya que dependen entre sí para sobrevivir.

Los lagos

Los lagos son muy importantes para el medio ambiente: proporcionan el agua para beber, generan electricidad y riegan los campos. Los lagos son, además, ecosistemas o comunidades de plantas y animales. Según cambia nuestro medio ambiente, también cambia el ecosistema. Por ejemplo, en los lagos viven diminutas criaturas llamadas plancton. Otros peces, y los mamíferos, se alimentan de plancton. Al calentarse los lagos, debido al calentamiento global, el plancton se ve afectado porque vive cerca de la superficie. Si mueren estas diminutas criaturas, todo el ecosistema del lago perecerá.

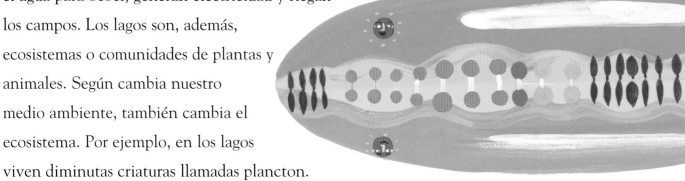

Los ríos

Un río es una corriente de agua natural más grande que un arroyo o que un riachuelo. Los ríos influyen en la elección del lugar donde se fundan las ciudades, y en el desarrollo de las rutas comerciales. En los ríos viven muchos animales salvajes como peces, ratas acuáticas y patos. La mayoría de los ríos desembocan en el mar, atrayendo así la lluvia. Por esta razón, la contaminación de los ríos afecta también a los océanos y a todas las criaturas que allí habitan.

Los árboles

Hay una enorme variedad de árboles en el mundo. Los árboles son hermosos, y también son importantes por muchas razones. Éstos proporcionan oxígeno, humedad y eliminan del aire el dióxido de carbono, dejándolo limpio. También absorben agua, evitando así inundaciones. Además, muchos animales, insectos y pájaros hacen sus casas en los árboles. Los árboles nos proporcionan frutos y nos dan sombra con sus frondosas ramas. ¿Qué sería de nosotros sin los árboles?

Las flores

Hay flores de todas las formas y tamaños. Son llamativas para atraer a los insectos y a los pájaros a sus pétalos. Las flores les proporcionan néctar a los insectos y a los pájaros, y en recompensa, éstos llevan el polen y las semillas de flor en flor, fertilizándolas y esparciéndolas a otras zonas donde nacerán nuevas flores. Recientemente, los pesticidas que se usan en granjas industrializadas han destruido muchas variedades de flores. Si más flores mueren, muchos insectos y pájaros que dependen de ellas también desaparecerán.

Los pájaros

Hay casi una infinidad de especies de pájaros en el mundo y todos ellos juegan un papel muy importante para el medio ambiente. Algunos pájaros comen roedores, insectos y otras plagas, ¡hasta la mitad de su peso al día! También polinizan las flores y esparcen las semillas, y así crecen nuevas plantas cada año. ¿Te imaginas cómo sería el mundo sin los pájaros?

Los peces

Hay decenas de miles de especies de peces en la Tierra. Éstos habitan en casi todas las aguas del mundo: ríos, lagos, océanos y estanques. Según incrementa la temperatura de la Tierra incrementa también la temperatura de las aguas donde viven los peces. Esto se convierte en un grave problema, ya que hay peces como la trucha y el salmón que necesitan aguas frías para sobrevivir.

Los pueblos y las ciudades

Hay distintos tipos de pueblos y ciudades en el mundo. Generalmente, surgen como respuesta a las necesidades comerciales. Muchos pueblos y ciudades se encuentran en las costas. Otros están cerca de los ríos o en el interior, donde crean zonas comerciales para las comunidades cercanas. Hoy en día estas comunidades existen por muchas razones, ya sea como granjas locales, industria manufacturera como la fabricación de autos, laboratorios de investigación científica o industria de servicio como el turismo. Las ciudades prósperas siempre atraen a las personas, y las más desarrolladas atraen a un mayor número de personas. Debido a la sobrepoblación, los edificios y los autos, las ciudades tienen problemas de contaminación y de manejo de basura. Las ciudades utilizan la mayoría de los recursos de la Tierra y producen mucha basura. La manera cómo se regulan hoy las ciudades afectará las generaciones futuras.

Maneras para reducir el calentamiento global

El dióxido de carbono que se arroja a la atmósfera provoca el calentamiento global. Los autos y los aviones son algunos de los causantes de las emisiones de dióxido de carbono. El calentamiento global produce aumento de la temperatura y cambios climáticos que afectan a todos los seres vivos del planeta. Hay varias cosas sencillas que cada uno de nosotros puede hacer para ayudar a reducir el calentamiento global:

- No viajes en avión ni manejes si no tienes que hacerlo. Toma el autobús o el tren, camina, corre o anda en bicicleta.

- Usa energía renovable: energía del viento o energía solar.

- ¡Recicla! Esto reduce drásticamente la cantidad de basura en el medio ambiente.

- Utiliza menos agua caliente. Se usa mucha energía para calentar el agua.

- Apaga y desconecta el televisor, el equipo de música y la computadora cuando no los estés usando.

- Tiende tu ropa al aire libre en lugar de usar la secadora.

- Usa papel reciclado para evitar que talen más árboles.

- Come menos carne. Se talan bosques llenos de árboles, que reducen el dióxido de carbono, para crear espacios donde se cría ganado que se convierte en alimento.

- Compra alimentos orgánicos y producidos localmente. De esta manera se usará menos combustible para transportar los alimentos.

- Cambia los bombillos viejos por bombillos de bajo consumo. Éstos usan 60 por ciento menos energía que los normales.

- Siembra un árbol. Absorberá una tonelada de dióxido de carbono durante su vida.

Canta a coro

La versión original de esta canción fue escrita por la pianista y compositora afroamericana Margaret Bonds (1913–1972). "He's Got the Whole World in His Hands" es una canción espiritual muy conocida de *gospel*.

Tene mos el mundo en ___ tero en nuestras manos, Tene mos el mun ___ do en ___ tero

en nuestras manos, Tene mos el mundo en ___ tero en nuestras manos, Tene mos el mun ___ do en nuestras manos

Tiene el Sol y la Luna en sus manos...

Las montañas y los valles en sus manos...

Las llanuras y desiertos en sus manos...

Tiene lagos y los ríos en sus manos...

Tiene árboles y flores en sus manos...

Tiene pájaros y el viento en sus manos...

Tiene peces y los mares en sus manos...

Tiene pueblos y ciudades en sus manos...

¡Tenemos el mundo en nuestras manos!